GUÍA DE LECTURA

Escrita por Pierre Weber
Traducida por María Olivera Álvarez

El extranjero

de Albert Camus

ALBERT CAMUS 1

Escritor, dramaturgo, ensayista y filósofo francés

EL EXTRANJERO 2

Una novela atípica en el paisaje literario

RESUMEN 3

La muerte de la madre
La vida continúa
La vida da un vuelco
Un claro culpable

ESTUDIO DE LOS PERSONAJES 8

Meursault
María Cardona
Raimundo Sintès
Los árabes

CLAVES DE LECTURA 12

Una novela de lo absurdo
La temática del sol
Una sátira de la comedia social
Una escritura sobria

PISTAS PARA LA REFLEXIÓN 17

Algunas preguntas para profundizar en su reflexión...

PARA IR MÁS ALLÁ 20

ALBERT CAMUS

ESCRITOR, DRAMATURGO, ENSAYISTA Y FILÓSOFO FRANCÉS

- **Nació en 1913 en Mondovi (Argelia)**
- **Murió en 1960 en Villeblevin (Francia)**
- **Algunas de sus obras:**
    - *El Extranjero* (1942), novela
    - *El mito de Sísifo* (1942), ensayo
    - *La peste* (1947), novela

Francés nacido en Argelia, Premio Nóbel de literatura, Albert Camus (1913-1960) es uno de los escritores más importantes del siglo XX. Intelectual profundamente comprometido, filósofo, periodista, dramaturgo y novelista, marcó su época por reflexionar sobre lo absurdo, algo que supo expresar de forma matizada, sensible y humana.

Muy admirado y a veces criticado, Camus tuvo un eco considerable en todo el mundo con sus novelas *La peste* (1947) y especialmente *El extranjero* (1942). Murió demasiado pronto en 1960 en un accidente de coche.

EL EXTRANJERO

UNA NOVELA ATÍPICA EN EL PAISAJE LITERARIO

- **Género**: novela de lo absurdo
- **Edición de referencia**: Camus, Albert. 2012. *El extranjero*. Traducido por Jose Ángel Valente. Madrid: Alianza Editorial
- **Primera edición**: 1942
- **Temáticas**: absurdo, sensualismo, sol, revuelta, (in)justicia

Publicado en 1942, *El extranjero* es la primera novela de Camus. Cuenta cómo Meursault, un joven silencioso que encarna lo absurdo hasta el punto de ser extranjero en su propia existencia, es condenado a muerte por el asesinato de un árabe porque no lloró durante el entierro de su madre. Escrito en primera persona con un estilo muy oral, esta novela atípica también es una crítica de la comedia humana.

El extranjero es una de las obras del siglo XX más leídas y estudiadas en Francia y en el mundo.

RESUMEN

LA MUERTE DE LA MADRE

Meursault, el narrador, recibe la noticia de la muerte de su madre con aparente indiferencia. Sale de su trabajo en Argel para acudir al «asilo de ancianos» (Camus 2012, cap. 1) donde ella vivía. Allí, vela su cadáver durante una noche, acompañado de otros pensionistas del asilo, y mata el aburrimiento fumando cigarrillos y bebiendo café con leche.

Al día siguiente acompaña al cortejo fúnebre que serpentea en el campo argelino bajo un sol abrasador. Asiste al entierro sin manifestar ninguna emoción y después vuelve a Argel tranquilizado («pensé que iba a acostarme y a dormir durante doce horas», Ibíd.). Esta aparente falta de sensibilidad revela el sentimiento de Meursault de ser extranjero a la sociedad y a sus convenciones.

LA VIDA CONTINÚA

Al día siguiente del entierro, Meursault se da cuenta de que es sábado. Decide ir a bañarse a la playa, donde se encuentra con María, una antigua compañera de trabajo. Pasan el día juntos, cómplices, y por la noche van al cine y después al apartamento de Meursault.

El domingo, María se reúne con su familia y Meursault mata el tiempo fumando cigarrillos en su balcón y observando a la gente que pasa por la calle.

Meursault vuelve al trabajo el lunes y retoma su rutina. Por la noche, de camino a casa, se cruza con Salamano, su vecino del rellano, que pasea a su viejo perro enfermo, a quien suele insultar y golpear; ambos forman una pareja peculiar.

Raimundo, su otro vecino del rellano y del que dicen que es proxeneta, aunque él se haga pasar por «guardalmacén», invita a Meursault a cenar. Ambos congenian y Raimundo pide consejo a Meursault sobre un asunto amoroso. Meursault accede a escribirle una carta a la amante de Raimundo, quien lo habría engañado, incluyendo «patadas y al mismo tiempo cosas para hacerla arrepentir» (Camus 2012, cap. 3). Meursault y Raimundo se despiden siendo ya buenos amigos («Ahora eres un verdadero camarada», Ibíd.).

El resto de la semana transcurre con normalidad. El sábado Meursault queda con María: van otra vez a bañarse y pasan la noche juntos.

El domingo por la mañana hay una pelea en el apartamento de Raimundo: él golpea a su amante. Los inquilinos del inmueble se reúnen en el rellano y un agente pone fin a la disputa. Meursault y María entran en casa y comen. Cuando María ya se ha ido, Raimundo va a ver a Meursault y le pide que declare a su favor con una historia falsa. Meursault acepta y ambos salen a dar una vuelta. Raimundo está pendiente de Meursault. De camino a casa se encuentran con Salamano, quien ha perdido a su perro y está inconsolable.

Pasa otra semana. Raimundo invita a Meursault a pasar el domingo en la cabaña de un amigo y este acepta. Por otro lado, María le pregunta si quiere casarse con ella: Meursault se muestra indiferente («Dije que me era indiferente y que podríamos hacerlo si lo quería», Camus 2012, cap. 3).

LA VIDA DA UN VUELCO

El domingo por la mañana, María, Meursault y Raimundo se dirigen hacia la cabaña del amigo de Raimundo. Raimundo dirige su atención hacia un grupo de árabes que le vigila desde hace algunos días (uno de ellos es el hermano de su amante).

Cuando llegan a la cabaña se reúnen con Masson, el amigo de Raimundo, y su mujer. Comen juntos y después los tres hombres salen a caminar por la orilla del mar. Entonces, se cruzan con los árabes, comienza una trifulca y Raimundo resulta herido. Vuelven a la cabaña y cuando Raimundo ya está curado, sale de nuevo a caminar por la orilla del mar. Meursault lo sigue. Se detienen cerca de un pequeño manantial donde se han refugiado los dos árabes. Raimundo entrega su revólver a Meursault, pero los cuatro hombres se observan sin hacer nada. Finalmente, los árabes desaparecen.

Raimundo y Meursault caminan hacia la cabaña. En el último momento, Meursault cambia de opinión y vuelve sobre sus pasos, sin saber que esto lo llevará a su ruina. Vuelve a la fuente, donde se encuentra otra vez con el árabe que hirió a Raimundo. El calor abrumador del sol y un brillo cegador sobre el filo del cuchillo del árabe empujan a Meursault a dispararle cinco veces.

UN CLARO CULPABLE

Meursault es detenido y comienza la fase de instrucción del proceso. Su abogado designado de oficio subraya que su insensibilidad durante el entierro de su madre puede jugar en su contra, pero Meursault se mantiene firme en su posición. El juez de instrucción le interroga durante mucho tiempo e intenta hacerle sentir remordimientos blandiendo un crucifijo ante de sus narices. De nuevo, Meursault se muestra impasible y afirma que no cree en Dios.

Después, la instrucción sigue su curso con normalidad durante once meses.

Meursault se refiere a sus condiciones como detenido durante la instrucción. Cuenta la primera y única visita de María, en el centro de una sala abarrotada, y más tarde cómo aprendió a dejar pasar el tiempo poco a poco, volviendo sobre sus recuerdos («Comprendí entonces que un hombre que no hubiera vivido más que un solo día podía vivir fácilmente cien años en una cárcel», Camus 2012, cap. 2).

El proceso comienza y los testimonios se encadenan. A Meursault le echan en cara no haber mostrado ninguna pena en el entierro de su madre y el hecho de haber comenzado una relación amorosa al día siguiente. Su amistad con Raimundo tampoco le ayuda. Se le describe como un frío asesino («yo acuso a este hombre de haber enterrado a su madre con corazón de criminal», Camus 2012, cap. 3).

Durante las alegaciones, el fiscal se muestra convincente,

estima que el asesinato fue premeditado y pide la pena de muerte. A diferencia de él, el abogado de Meursault es patético y banal. El jurado se retira y, más tarde, el juez anuncia la sentencia: Meursault es condenado a muerte.

Meursault se deprime en su celda, a la espera de su ejecución. Recibe la visita de un capellán que intenta convencerle de que se acoja a Dios para encontrar consuelo durante la prueba que está atravesando. Meursault se niega y se enfurece, destacando la absurdidad del mundo y la inexistencia de otra vida después de la muerte.

La novela termina con la toma de conciencia definitiva por parte de Meursault de que el mundo es fundamentalmente indiferente a todo lo que ocurre, algo que lo libera («me abría por primera vez a la tierna indiferencia del mundo», Camus 2012, cap. 5). De esta forma también logra dar un significado a su propia vida.

Espera que lo ejecuten, algo que quizás no ocurrirá nunca, ya que tiene muchas posibilidades de que acepten su petición de indulto o su recurso. Mientras tanto, desea que los posibles espectadores sean muy numerosos y «que me reciban con gritos de odio» (Ibíd.).

ESTUDIO DE LOS PERSONAJES

MEURSAULT

Meursault, el narrador de la novela, es un francés que vive y trabaja en Argel. Sabemos pocas cosas sobre este joven taciturno, aparte de que abandonó los estudios y de que no tiene padres (su padre murió cuando él era muy joven y su madre al principio de la novela). Es enigmático y parece estar radicalmente desprendido de cualquier sentimiento o preocupación, es extranjero respecto a muchos aspectos de su propia existencia. Por eso, el título elegido por Camus está relacionado directamente con Meursault. De hecho, este sufre al sentirse extranjero en su propia vida, en la sociedad y en sus numerosas convenciones.

Sin embargo, sus sentidos siempre están extremadamente despiertos: Meursault es un ser sensual, totalmente centrado en el instante presente. Los momentos en los que su cuerpo puede expresarse libremente son verdaderos instantes de felicidad (cuando va a bañarse, la playa, las noches con María, etc.). En cierta forma, Meursault es incluso prisionero de esta sensualidad: le es tan imposible abstraerse que no consigue proyectarse hacia el pasado ni hacia el futuro (le es igual casarse con María o ir a trabajar a París).

Su carácter le impide conformarse con las exigencias de la vida en sociedad, algo que critica la novela. Lo absurdo de las reglas de lo que es conveniente durante el entierro de su madre o en su juicio se muestra como algo evidente en la obra. Desde un punto de vista más general, podemos ver en él una imagen del hombre absurdo, enfrentado a un mundo que no tiene sentido, que se le escapa. Él no controla su destino y la tragedia cae sobre él por un acto que cometió sin ser dueño de sí mismo.

El estilo incoherente y sobrio de la novela es el reflejo de la interioridad de Meursault aunque, poco a poco, la expresión demuestra mayor control, como si el personaje tomase consciencia a lo largo de la narración.

MARÍA CARDONA

María es una mujer joven, más bien seductora, y antigua compañera de oficina de Meursault. Cuando se encuentran de casualidad un sábado mientras se están bañando, inician prácticamente de forma inmediata una relación amorosa llena de sensualidad.

María es el personaje con el que Meursault puede vivir su sensualidad de la forma más completa. Los baños y las noches que pasan juntos son para él verdaderos momentos de felicidad. Pero, a pesar de que sus cuerpos logren comunicarse, en cuanto se trata de sentimientos o de proyectos de futuro, no se entienden: el amor y el matrimonio, a los que María está vinculada, no significan nada para Meursault. A pesar de todo, ella elige aceptarlo como es («murmuró que yo era extraño, que sin duda me amaba por eso mismo, pero que quizá un día le repugnaría por las mismas razones», Camus 2012, cap. 5).

RAIMUNDO SINTÈS

Vecino del rellano de Meursault, Raimundo se hace pasar por almacenista, pero en realidad es un proxeneta. Entabla amistad con Meursault, lo que supondrá el comienzo del drama.

Raimundo dirige el acercamiento hacia Meursault como si fuera una verdadera operación de seducción al estilo fascista:

- desde el primer contacto, trata los valores de camaradería y de virilidad, e instaura una relación privilegiada mezclando hábilmente el halago («Sabía que tú conocías la vida», Camus 2012, cap. 3) y la autovalorización (el relato de su pelea, Ibíd.; su actitud hacia el policía, Camus 2012, cap. 4);
- se impone como un líder natural, toma la iniciativa y guía a Meursault en sus actividades;
- en situaciones de conflicto, como la pelea con los dos árabes, es él quien da las órdenes.

Raimundo es el origen de la desdicha de Meursault por partida doble: no solo es por su culpa por lo que Meursault se encuentra armado frente al árabe, sino que, además, su testimonio en el juicio termina de convencer al jurado de que es culpable.

LOS ÁRABES

El extranjero se publicó en 1942, momento en el que la descolonización todavía no había empezado. La novela revela las relaciones entre la comunidad francesa y la argelina en esa época, si bien esta temática no es central.

En cuanto a las relaciones, existe una verdadera fractura entre las comunidades, algo que se deja ver claramente en la novela:

- aunque Meursault no exprese la mínima hostilidad hacia los árabes (sino que, más bien, los acepta dentro su habitual bondad desvinculada incluso cuando ocurre el asesinato), estos nunca están personalizados y no tienen voz en el capítulo. Forman una comunidad aparte, una masa imprecisa;
- la escena de la sala de visitas, cuando María va a ver a Meursault, materializa la ruptura entre las comunidades: mientras que los blancos están de pie y hablan alto para intentar que los oigan, los árabes se quedan en cuclillas y hablan más bajo («El murmullo sordo, surgido desde abajo, formaba un bajo continuo a las conversaciones que se entrecruzaban por sobre las cabezas», Camus 2012, cap. 2);
- el hecho de que sea un blanco el que asesine a un árabe también refuerza la oposición entre las dos comunidades.

CLAVES DE LECTURA

UNA NOVELA DE LO ABSURDO

El extranjero forma parte del ciclo de lo absurdo de Camus, al igual que *El mito de Sísifo* (ensayo) y *Calígula* (teatro). De esta forma desarrolla una reflexión sobre un tema que es el centro de su filosofía y su obra.

Para Camus lo absurdo es, en primer lugar, un sentimiento que todo el mundo puede sentir en alguna ocasión. Este sentimiento surge de la conciencia de que el mundo se muestra radicalmente silencioso e indiferente ante las dudas del hombre. Seas cuales sean las preguntas que hagamos, los actos que cometamos o las decisiones que tomemos, el entorno real en el que nos encontramos no da ninguna respuesta, no tiene ninguna reacción.

Meursault es la encarnación de este sentimiento absurdo. Más allá de sus sensaciones, nada parece tener importancia ni sentido para él. Se muestra prácticamente indiferente respecto a su propia existencia, extranjero a sí mismo, y obedece a una lógica incomprensible.

De hecho, la novela tampoco puede analizarse siguiendo una lectura con un único sentido. Si bien la temática de lo absurdo es claramente central, no se puede extraer una interpretación totalmente satisfactoria de la misma. Así, el texto siempre mantiene una resistencia y conserva una parte de absurdidad.

Quizás sea esta riqueza la que haga de *El extranjero* una obra tan particular y tan estudiada, a pesar de las críticas, a veces violentas. Y es que, desde su aparición en 1942, ha sido considerada una de las novelas más importantes, que transmite una de las principales preocupaciones de su época: el desafío al lenguaje y el sentido en general (algo que encontramos especialmente en filosofía en el existencialismo y en la literatura, en la corriente de la nueva novela).

LA TEMÁTICA DEL SOL

El sol ocupa un lugar central en *El extranjero*, cuyo marco está situado en Argelia. El nombre del personaje, Meursault, está probablemente compuesto a partir de «meurt-soleil» (muere-sol, en francés).

De esta forma, el sol es tanto omnipresente como ambivalente, puesto que a veces es causa de felicidad y otras, de desgracia. Las descripciones, las sensaciones y los acontecimientos siempre están relacionados con el sol, directa o indirectamente.

Con efectos positivos, encontramos sobre todo los momentos que pasa en la playa o bañándose con María.

Con connotaciones negativas, están:

- el entierro de la madre de Meursault, bajo un sol insoportable y asfixiante;
- el papel que desempeña el sol en el asesinato del árabe. Meursault declara durante su juicio que disparó por el sol: literalmente es cierto (prueba de ello es todo el sufri-

miento que le provoca el sol en ese momento);
* el calor que reina en el tribunal durante el proceso de Meursault.

UNA SÁTIRA DE LA COMEDIA SOCIAL

Gracias a la mirada que Meursault dirige hacia mundo desde la distancia, *El extranjero* revela con fuerza lo absurdo de ciertas convenciones sociales.

El comportamiento de muchos personajes se describe con cierta perplejidad, incluso frialdad, lo que destaca su lado arbitrario y casi teatral. El punto de vista distanciado de Meursault muestra hasta qué punto las relaciones sociales están dictadas por convenciones que no son más que un juego o una comedia.

Lo que es sorprendente es que Meursault rechaza con determinación alinearse con los demás y respetar estas convenciones. En particular rechaza mentir, incluso cuando esto le beneficiaría; rechaza las falsas apariencias. Y por esta razón es condenado, porque no se ha involucrado durante el entierro de su madre, porque no ha estado de luto y porque no ha manifestado remordimientos durante su proceso.

UNA ESCRITURA SOBRIA

El estilo de escritura que adoptó Camus en *El extranjero* es especial debido a varias razones:

* el relato está desestructurado. Las frases, simples y relativamente cortas, se siguen unas detrás de otras, sin que

haya una relación real entre ellas. Da la impresión de que se trata de una yuxtaposición de hechos y de observaciones aisladas que el narrador se esfuerza por organizar en un discurso estructurado;

- la oralidad de la lengua es muy fuerte. El indicio más evidente de esto es el uso de los tiempos verbales. Además, el giro oral de algunas frases o expresiones se manifiesta en varios lugares del texto, puesto que Camus restituye la forma de hablar de sus personajes jugando con las repeticiones y la abundancia de relativas («Me preguntó si creía que le había engañado, y a mí me parecía, por cierto, que le había engañado. Me preguntó si encontraba que se la debía castigar y qué haría yo en su lugar. Le dije que era difícil saber [...].», Camus 2012, cap. 3);
- el tono es frío y distante. El tono que utiliza el autor refleja precisamente lo que Meursault siente. Es frío, neutro, impide que el lector se encariñe con los personajes y lo obliga a que considere los acontecimientos con cierta distancia;
- la temporalidad está deconstruida. Si bien en la primera parte tenemos la impresión de que el relato se mantiene actualizado prácticamente día a día (abundan los marcadores temporales como «hoy», «ahora», «ayer» o «esta semana» y a veces se emplea el presente), en la segunda parte, la perspectiva temporal cambia.

En cualquier caso, no podemos decir cuándo ha escrito su historia Meursault. Los indicios temporales son demasiado confusos y divergentes para poder presentar una imagen clara de la cuestión. La hipótesis más verosímil es que Meursault escribe o cuenta su historia cuando está en la celda; o eventualmente, en un momento posterior a la historia/al relato, y que el hecho de contarla/transmitir lo sumerge en su pasado y lo lleva a revivir sus recuerdos como si ocurriesen en el presente.

Sin embargo, cabe destacar que estas características estilísticas de la primera y segunda parte de la novela sufren cambios más o menos importantes. A medida que el relato avanza, Meursault adopta una lengua cada vez más dominada, trabajada, con imágenes más ricas, un discurso más construido. El estilo de la segunda parte es globalmente diferente respecto a la primera parte.

El surgir de esta expresión más controlada, más lírica se debe quizás al propio relato: al contarlo, Meursault aprende a entregarse, a explorar su interioridad y sus sentimientos, y esto se deja ver después en su escritura.

PISTAS PARA LA REFLEXIÓN

ALGUNAS PREGUNTAS PARA PROFUNDIZAR EN SU REFLEXIÓN...

- En la segunda parte de la novela, Meursault se opone con fuerza al discurso religioso. En su opinión, ¿por qué rechaza de esta forma lo espiritual?
- Meursault rechaza conformarse con los cánones de la moral social. Explique esta afirmación ayudándose de ejemplos.
- ¿En qué aspecto refuerza la escritura de Camus la extrañeza, la impasibilidad y la soledad de Meursault?
- Camus utilizó la siguiente frase para resumir el propósito de *El extranjero*: «En nuestra sociedad, un hombre que no llora en el funeral de su propia madre corre el peligro de ser sentenciado a muerte.». Coméntela.
- ¿Por qué rechaza Meursault jugar al juego de las convenciones? ¿Qué es importante según él?
- El sol en la mitología encarna la fuerza guerrera. ¿Podemos percibirlo de esta forma en *El extranjero*? Justifique su respuesta.
- Según Camus, ¿Meursault es inocente o responsable de sus actos? ¿Merece ser condenado al final del proceso?
- Desde su punto de vista, ¿cómo se podría reflejar el estilo sobrio y neutro de esta novela en una adaptación cinematográfica?
- La novela de Kafka *El proceso*, publicada en 1925, comparte con *El extranjero* las temáticas de lo absurdo y del proceso. ¿Qué puntos comunes y qué diferencias podemos extraer en cuanto a la forma en la que las dos

novelas tratan estas temáticas?

¡Su opinión nos interesa!
¡Deje un comentario en la página web de su librería en línea,
y comparta sus favoritos en las redes sociales!

PARA IR MÁS ALLÁ

EDICIÓN DE REFERENCIA

- Camus, Albert. 2012. *El extranjero*. Traducido por Jose Ángel Valente. Madrid: Alianza Editorial.

ESTUDIO DE REFERENCIA

- Bagot, Françoise. 1993. *Albert Camus: "L'Étranger"*. París: PUF, colección *Études littéraires*.

ADAPTACIÓN

- *El extranjero*. Dirigida por Luchino Visconti, con Marcello Mastroianni. Francia-Italia, 1967.

EN RESUMENEXPRESS.COM

- Guía de lectura de *Calígula* de Albert Camus.
- Guía de lectura de *La peste* de Albert Camus.
- Guía de lectura de *Los justos* de Albert Camus.

ResumenExpress.com